CATALOGUE

D'OBJETS D'ART

ET

DE CURIOSITÉ

Bronzes. — Émaux cloisonnés. — Bois sculptés. — Argenterie ancienne
Tableaux. — Faïences. — Porcelaines
Grès de Flandres. — Tapisseries. — Meubles anciens

PROVENANT

DE LA COLLECTION DE M. B***

ET DONT LA VENTE AURA LIEU

HOTEL DROUOT, SALLE N° 7

Le Mercredi 14 Février 1883

A DEUX HEURES

Par le Ministère de Mᵉ LÉON TUAL, commissaire-priseur

39, RUE DE LA VICTOIRE, 39

Assisté de M. DETRIMONT, expert

27, RUE LAFFITTE, 27

EXPOSITION PUBLIQUE

Le Mardi 13 Février 1883

DE 1 HEURE 1/2 A 5 HEURES 1/2

CONDITIONS DE LA VENTE

Elle sera faite au comptant.

Les adjudicataires payeront *cinq pour cent* en sus des enchères.

L'exposition mettant le public à même de se rendre compte de l'état des objets, il ne sera admis aucune réclamation une fois l'adjudication prononcée.

Paris — IMPRIMERIE DE L'ART. J. ROUAM. 41, rue de la Victoire.

VENTE
du Mercredi 14 Février 1883
HOTEL DROUOT, SALLE N° 7
A DEUX HEURES

OBJETS D'ART

ET DE

CURIOSITÉ

Bronzes — Émaux cloisonnés — Bois sculptés

ARGENTERIE ANCIENNE — TABLEAUX

FAIENCES — PORCELAINES — GRÈS DE FLANDRES

TAPISSERIES

Meubles anciens

PROVENANT DE LA COLLECTION DE M. B*****

COMMISSAIRE-PRISEUR	EXPERT
Mᵉ Léon TUAL	**M. DETRIMONT**
39, rue de la Victoire.	27, rue Laffitte.

EXPOSITION PUBLIQUE

Le Mardi 13 Février 1883, de 1 h. 1/2 à 5 h. 1/2.

PARIS. — 1883

LIBRAIRIE DE H. STETTNER

DÉSIGNATION DES OBJETS

ARGENTERIE ANCIENNE

1 — Un plat en argent repoussé. XVIIIe siècle.

2 — Un sucrier Louis XIV.

3 — Un saint-ciboire, époque Louis XIII.

4 — Une noix de coco, monture en argent, époque
Louis XIII.

5 — Calendrier hébreu. Travail ancien.

FAIENCES, PORCELAINES & GRÈS

6 — Cornet en faïence italienne.

7 — Deux beurriers.

8 — Deux chandeliers Louis XVI.

9 — Un lion en faïence.

10 — Une théière à décors bleus.

11 — Une aiguière forme sirène, faïence italienne.

12-13 — Deux soupières vieux Rouen à la Corne.

14 — Un plat vieux Rouen à la Corne.

15 — Une aiguière en faïence de Moustiers.

16 — Deux beurriers : Canards.

17 — Vase avec portrait du Titien par Ulysse de Blois.

18 — Potiche en porcelaine du Japon.

19-20 — Deux potiches japonaises, avec supports en fer doré.

21 — Une potiche en porcelaine de Chine, à décors bleus.

22 — Une fontaine en vieux Rouen.

23 — Une plaque en faïence italienne, représentant
la Vierge et des enfants.

24 — Une plaque en faïence, d'après Raphaël.

25 — Quatre plaques en faïence hispano-moresque.

26 — Plaque représentant un paysage par Bouquet.

27 — Une grande gourde en faïence, peinte par
Lessore.

28 — Plat en porcelaine du Japon.

29 à 87 — Cruchons, aiguières et vases en grès de
Flandres.

BRONZES & ARMES·

88 — Deux brûle-parfums Louis XVI, richement
ciselés et dorés.

89 — Deux lions, bronze doré, xviie siècle.

90 — Deux chevaux en bronze ancien argenté.

91 — Deux chandeliers de la Renaissance.

92 — La Phryné, d'après Gérôme.

93 — Un Chien, par Fratin.

94 — Gazelle, par P. J. Mène.

95 — Le Pêcheur à la ligne, d'après l'antique.

96 — L'Homme qui écoute, d'après l'antique.

97 — Un plat en cuivre repoussé.

98 — Sujet religieux en bronze, avec encadrement
en bois sculpté.

99 — Une épée de cour, poignée en nacre avec orne-
ments d'argent. Époque Empire.

100 — Un lot de vieilles armes. (Ce lot sera divisé.)

TABLEAUX & DESSINS

101-102 — Deux portraits d'homme. Époque Louis
XIII, peinture sur cuivre.

103 — Très beau dessin de Nattier, représentant Vénus et Mars, surpris par Vulcain. Dessin rehaussé.

104 — Portrait de femme. École française.

BOIS SCULPTÉS

105 — Vierge et enfant. Groupe du XVIIe siècle.

106 — Deux supports Louis XIV : Têtes d'anges.

107 — Une console Louis XV.

108 — Console dorée Louis XIV.

109 — Deux supports Louis XIV.

110 — Une Vierge dans un triptyque, monture en argent.

111 — La Fuite en Égypte, buis. XVIIe siècle.

112 — Trois supports Louis XIV, en bois doré.

113 — Quatre chandeliers d'église. Époque Louis XIV.

114 — Un Christ. Époque Louis XIV.

115 — Vierge et enfant, groupe en ivoire.

116 — Lot de vieux cadres en bois sculpté.

MEUBLES ANCIENS, TAPISSERIES

117 — Deux tapisseries anciennes avec personnages et verdure.

118 — Un lot de morceaux de tapisseries.

119 — Lambrequin en étoffe ancienne, applications de tapisseries et de velours.

120 — Gilet oriental, avec broderies or et argent.

121 — Huit chaises. Style Empire.

122 — Trois fauteuils avec têtes en bois sculpté. Même style.

123 — Trois fauteuils avec bronzes. Style Directoire.

124 — Une commode Louis XV avec cuivres.

124*bis* — Trois fauteuils recouverts en tapisserie.

OBJETS DIVERS

125 — Une petite corbeille en émail de Limoges.

126 — Une potiche en émail cloisonné.

127 — Une bouteille en fer, avec incrustations d'argent.

128 — Une coupe en verre de Venise.

129 — Brûle-parfums en émail, monture en argent.

130 — La Musique. Terre cuite.

131 — Éléphant en bronze florentin, surmonté d'un cartel en bronze doré. Époque Louis XV.

132 — Serrure de la Renaissance. (Provient de la vente Diaz.)

133 — Plaque en fer repoussé, avec incrustations d'or, représentant un seigneur de la cour de Charles IX, avec son cadre en bois sculpté.

134 — Bande en plomb repoussé, avec petits sujets d'après l'antique.

135 — Coffre-fort en fer ancien.

136 — Une théière en porcelaine de Saxe.

137 — Sous ce numéro sont compris les objets non catalogués.